朝の行方

新保 啓

思潮社

朝の行方

新保啓

思潮社

目次

朝の行方　8
水の上　12
きれいになった水平線　16
水族館で　20
池の夏　24
海辺の宿　28
雨上がり　32
小さな春　36
うわの空　40
雪の朝　44
雪のある立春　48
窓からの雪　52
留守の家　56
みかんと日記帳　60

平安と成長　64
道草　68
雨　72
雨と風と　76
ところどころの雨　80
霧　84
滝　88
波　92
約束　96
三月には　100
「あ」と「こ」のちがい　104
あとがき　108

装画＝魚家明子
装幀＝思潮社装幀室

朝の行方　新保啓

朝の行方

朝と昼の区分がよく分からない
どこから　どこまでが
朝なのか
一晩中考えながら
朝を迎えた

朝にも遅刻はあるのだろうか
遅れてやってきた朝は
きまり悪そうにして

空を曇らせた
昼とのさかいを一層分からなくした
なんてふうに

今朝は五時に畑へ出た
芽吹いた馬鈴薯の
美しい朝がきていた
大勢の人たちに
見せたいようだった

それから　朝はどこかへ
行き先が分からない
朝は　とても軽いから

見失ってしまう
馬鈴薯の土寄せも終わらないうちに

海の朝
水平線の朝
川の朝
水の朝
魚の朝
犬の朝

それぞれの朝は
今どこでなにをしているだろう
消えた朝の行き先は
海たちだけが知ってるらしい

水の上

池や　湖は
平地より低いところにある
と　思い込んでいた少年のとき
山の高いところにも池がある
と　知って驚いた

同じ水なのに
それぞれ居場所が違う

水の上にも
私たちと同じように
朝と夜がきて　日々を重ねる

私たちが重ねる日々は
少しずつ重くなって行くような
気がするが
水の上の日々は　どうだろう

そんな　つまらないことを
考えながら
川の上の橋を渡った

しばらく雨が降らなかったので

きれいな水が　流れていた

水の上の日々は
水にとって
重くなったり　軽くなったり
するのだろうか

しばらく　立ち止まって
川を　眺める日々が
続いた

きれいになった水平線

初めてのことだから
どんな港に着くか分からない

でも今日は　白内障という
眼の病気だから
遠くの水平線が　よく見えるところに
着くという

きれいになった水平線を見て

私は　名前を捨てた
名前を捨てると
誰が見ているのか　分からなくなった
誰の水平線でもなかった

退院の日
私は　海の見える道を
帰ったのだった

青い海を
船が数隻　走っている

水平線へと向かう
差出人のいない
手紙のような船が

きれいになった眼には
ほんとのものが　見えるのかしらん

水族館で

水族館で
突然　目が合った

その魚は
立ち止まって
じっと　私を見た

口をあけたまま
ちがう世界の

生き物を見た
しばらく
魚の時を過ごして
彼（彼女）は　立ち去った

私の目の前には
大きな水槽があって
水と魚を
ぐるぐるまわしている

彼は
私を立ち止まらせたまま
群れの中へ

まぎれて行った

私との
ちいさなつながりを残して
消えた

水族館の
魚の　日暮れは
少し早くくる

池の夏

いつも見慣れている
かんがい用水池では
夏になると
一部に　砂浜が現れる

そのほとんどを
水の底で過ごしていたが
新しい生命を貰ったように
現れる

砂浜は恰好の遊び場になる
それは　昔からずっと続いてきた

水のたっぷりあるのが
本来の池のようだが
少ない水の池も　捨てがたい

そんな池を見ながら
かかわりを持ち
池を大事にしてきた人たちの
面影が浮かぶ

面影を浮かべながら

夏が去ると
やがて　砂浜は消えていく
面影たちも　やさしく
水の底に沈んでいく
いつも見慣れている池の
夏はとても短い

海辺の宿

佐渡の　小木に近い
民宿に泊まった

宿の名前も　地名も忘れた

夕食は　広間で
私と家内
常連客らしい中年の男
隅っこに女性が二人

合わせて五人
部屋の真ん中に
お櫃が置かれていた

御飯は食べ放題
中年の男は凄かった
私たちの一杯目が終わらないうちに
三杯食べた
あれよあれよという間に六杯

たまたま佐渡で
泊まり合わせた
私たち

翌朝　軽く頭を下げ合って別れた

広い道路から
細い坂道を下って行く
小さな波のお話も　する
海辺の静かな宿だった

雨上がり

詩のためのノートに
「朝から雨が降っている」
と　書く
雨も地面に何かを書いている
お互いに書くことは違うけど
雨はやがて上がる

「朝からの雨が上がった」
と　書く

あとはもう　書くことがないので
私は
そこからいなくなる

雨も
私も　上がった

畑では
緑の野菜が
空の言葉のように並んでる
「小春」と読めない
こともないが
空のことだから
次の雨を降らせるまで

私は　上がったままで
読みあぐねては
それを
楽しんでいる

小さな春

ふきのとう　が出たよ
小道の脇に

胸に住む　面影の人たちも
見ているだろうか
小さな春を

小道を歩きながら
近くの幼馴染と

会釈して擦れちがう

互いの胸のうちが透けて見える
私たち　でなく
面影の人たちだけに

一緒に曳いた
地引網に似た
短かかったような
長かったような　時の流れも

胸に住みながら
こころもち　はにかんで
会釈する面影の人たち　に

ちょっぴり　にがい
小さな春がきて
ふきのとう　が出たよ
小道の脇に

うわの空

猛烈な寒波が訪れると
私たち　日本海側
沿岸部の集落は
強い風に立ち向かうことになる

疾うに　勤めを終えた私は
窓から嵐を眺めながら
ペンを執る

たまには　吹雪の中を
裏の畑へ
野菜を取りに行く

「今日は　大根と　キャベツを
少し取ってきました」

誰でもいい
こんなたわいない報告は
聞き流してくれればよい

思えば随分と　私も
聞き流してきたなあ
うわの空で

だから軽々と
これまで過ごしてきたのかも

そんな思いで
いつも報告するのだが

この日の吹雪は
ことのほか強く吹き流す
うわの空も一緒に吹き流してしまう

雪の朝

雪が積もったらしく
除雪車の音がする

今日は何曜日

雪は天からの使者
どんな便りを運んできたか
考えてみたが分からない

私たちも　誰の使者で
ここにいるのか
分からないように

除雪車の音が小さくなった
細い横道に入って
向こうの交差点へと
向かったのだろう

雪は消えれば　水
分かっているだろうか

朝飯前の仕事を　終えた人たちが
ストーブを囲んで

談笑しているのを

いつも通りの朝が来て
新しい一日が始まった

私も起床して　顔を洗い
消えれば　水になる
朝を迎えた

雪のある立春

寒気が少し　ゆるんだので
朝から休み　休みしながら
馬鈴薯の芽を取った
もう三度目になる

ゆるんだと言っても
雪が残っていて　風が寒い

消えかけている雪は

胸から下を　土の中へ
落とし続けている

ここの天気は変わりやすい
ときたま　忘れた頃に
陽がさすことがある

誘いにだまされて
また　芽が出てきそうだ
馬鈴薯だけでなく
私たちも

ふわふわと　海沿いの道を
歩きたくなってくる

波の音を聞きながら
遠くの岬を見て

でも　まだ寒い季節なので
家の中で　つくねんと
過ごしている日が多い

そのかたわらで
ちぎれた雲や　こわれた風を
やさしい小鳥たちの
さえずりのように
端から端へと流していく
少しゆるんだ空がいて

春のかたちが
少しずつ見えそうに
なってきた

窓からの雪

海で生まれ
空を旅し
風に乗り
遥か遠くから届く
手紙となり
屋根の上に降り
電線にひっかかり
木の枝などを住処にして
休む処にこと欠かない

君の名は「雪」
（映画みたいだな）
思えば　ながい経験だった
（かつて私は若かった）

窓から
降る雪を見ている
一枚　一枚
昔を重ねながら
（ぼんやりと見ている）
一年
十年
恋人たちが

雪の中を駆けてくる
歩いてくる
ときには　雪を軽く食べたり
含んで捨てたりする
惜しくない過去

雲がすこしずつ消えて
陽があたりだした
春のような
幸せな日々があった
ペンの先を拭いて
日々を書くように
仲間たち　手をつないだ
先生が

雪の中で
動物を抱いている
白い兎のようだ
優しく
頭を撫でている

五十年は　あっと言うま
だったな
遠くからの手紙を運んだ
雪の葉の一枚　一枚が
春には消える
嬉しいような　淋しいような
白い兎の
窓からの雪

留守の家

誰もいないのに
家に帰って　「只今ー」　と言う
それが習慣になった
留守の家も応えるようになった

と　思っている

かすかに　「お帰りー」
と　応える

我が家では　「只今ー」　が
家中に霧散する
消えかねて　窓に
ひっかかっているのもあるが

窓の外では　木々が
花を付け始めた
鳥たちもやってきている
鳥の世界にも
「只今ー」　はあるのかな

慣れ親しんだ鳥たちを
木々は　やさしく迎える

「お帰りー」

木々も　家々も
たまには「お帰りー」でなく
「只今ー」と
言ってみたいだろうな

木々は花を付け
家々は窓を開けたりして
美しく　身を軽やかに整えて

今日
留守の家に帰って
大きな声で

「只今ー」　と言ったら
奥の方から
明るい声で
「只今ー」って　返事がきた

みかんと日記帳

テーブルの上の
みかん
互いに重なり合っている
和歌山から新潟へ　なんて
みかんは知らない
食べられて　お腹の中へ
入ってしまうってことも

そばに　日記帳がある
ありきたりのことしか
書かれていない

みかんと日記帳の
めぐり合わせは
不思議と新鮮な気がする

日記帳は
何も書かれないほうが
みかんに
似合う　と思っている
なんとなく
並んでいるだけだから

出かけたあとの
誰かの留守も
なんとなく並んで
部屋は明るい

平安と成長

鑑賞用に
水鉢で栽培していた
「八つ頭」を
家に取り込んで
客間のテーブルに飾った

一週間ほどして
家人が
茎にへばりつく

三センチほどの
毛虫を見つけた

毛虫嫌いな私たちが
一週間も
同居していたことになる
気付かないでいたときの
平安
駆除したあとの　まだ
幽かにゆらぐ平安

「八つ頭」は
すくすくと成長して
何事もなかったかのように

葉を　天上に向かって
広げている

平安と成長
関係があるような
ないような
出来事があったあと
私たちは心を鎮めて
水遣りを　続けた

＊「八つ頭」は里芋の一種

道草

このところ
数か所の畑をまわるのが
私の日課になった
仕事中の
視界の範囲では
大小の犬の散歩があって
それぞれの犬たちの
おしっこが
どこか　わかるようになってきた

犬の散歩にも
いろいろあって
抱っこして歩いている
ひとがいる
抱っこしていても
犬の散歩と言えるのかなぁ

道の草たちは
私のことや
犬たちの散歩を
いつも見ている
学校帰りの子供たちも
見られていて
それが道の草たちの

日課のようだ

それにこたえるかのように
犬たちは立ち止まり
学校帰りの子供たちも
葉っぱをむしる
私も立ち止まって
鍬を休めた
馴染のおばあさんと
微笑みを交わす

今日は　青い道草だった

雨

久し振りに
雨が
降った
今日は　手紙の日
私はたくさん
手紙を書いた

あちこちから手紙が
届く

思いがけない
悪友たち
私の
書くのが
間に合わないくらい
首まで埋もれた
私
手紙だから
死ぬことは
ないが
埋もれて
死んだ振りをしたら
しばらく
雨が止んだ

そんなことが
あったなあ
遠い日
はるか向こうに
思いを馳せる
向こうの草原では
五月の緑が
雨に濡れて
美しい

私のまわりでは
しばらく
雨が続いた

古い手紙も
雨になった

雨と風と

雨の
音がして
雨が
降っているのだと分かる

風の
音がして
風が
吹いているのだと分かる

今日は
傘を斜めにして
駅へと向かう

電車は
次の駅で乗りかえる

雨も
風も
乗りかえる

雨は
続けて降っていた

風も
続けて吹いていた

これから
まっすぐに
終着駅へと
向かう

雨も
風も
向かう

川向こうの街は
朝からずっと　斜めに

濡れているのだと分かる

ところどころの雨

天気予報が言っていた
「今日は　ところ
　どころで　雨が降ります」

その　ところ　どころの
ところは　いつも変わる

変わるから
ところ　どころなんだろうなあ

ところ　どころの
雨は
気まぐれな雲に　連れられて
ところ　どころで
降る

今日は
そのところ　どころの
ところへ　行って
散らばった

そんな雨の法則にも

私たちの知らない
理由があるんだろうなあ　きっと

雨自身にとっても
知りたい　問いが

ところ　どころに
横たわっていて

今日も
ところ　どころの
ところが
ところ　どころの
雨に

降られて　濡れている

霧

霧に包まれたので
動けない
避けようとしても
自在に
囲まれてしまうので
逃げようがない
霧の
お風呂に入る
霧のお腹に入る

どちらも
とてつもなく大きい

霧の
空は　どこからはじまって
夜は　どちらから
明けるのか
霧に已れが
あるのか　ないのか
誰なのか
どこへ　行くのか
なんにも分かっていないような
そんな霧に包まれていると
誰かが

包みごと　どこかへ
運んで行ってしまうのではないか
とさえ思ってしまう

霧の意志は
消えてしまうことだ
すっからかんになって
ただ　消え去ることだ

滝

落下する以外の
策はないが
落ちながら　うっすらと
虹を産むなんて
大したものだ　と
感心する
壷のしぶきから
川へと下る水は
もう二度と

戻ることはないし
次から次へと
水を流す滝は
人里はなれた処で
水から休んで
崖になったりすることもあるが
今日も　明日も
滝で　過ごすには
水を待つしかない
滝の生は
水によってもたらされる
だから涸れることのない
水を持つ滝は
とっても幸せなんだ

それだけで充分
世界は美しく濡れる
ついでに私たちの心まで
見事に濡れる

それから私たちは
川沿いの道を下り
下りながら　草木を濡らした

波

寄せては返す
のが
波の仕事だが
夕方近くになると
波だって
ほっとして　すこし
休みたく
なってくるのだ

並んで
何も語らず
じっと　沖を見ている
ふたりの　そばへ
そっと波が寄ってくる
ふたりと並んで
波は
はじめて　きれいな
夕焼けを見た
いつも背中に
こそばゆいような
世界を感じていたけれど
今日　まともに見た
夕焼けの

空と海

並んだ波に
何も気づかずにいた
ふたり
立ち上がったとき
すこしばかり
お尻の濡れを知った
飽かずに見ていた
夕焼けの砂浜で
ふたり
ズボンの砂をはらった
何事もなかったかのように

仕事に戻った波の近くで
日は　昏れていく

約束

つまみを押しても引いても
びくともしないので
今もトイレの時計の三分遅れが
続いている
ドアを開けて出る
三分前に戻る

親戚のおじいさんが
先日　午前一時七分に亡くなった

静かな時間だ
犬も猫もみんな寝ている
風が少し吹いて
木々の葉を揺らす程度に

一日の時間が伸びるなら
伸びた分をどうしよう
やがてくる
星の時間に備えて
準備もしなければならない

病院の廊下を
歩いていたら
暴力検査室　とあった

本日午後一時から
確認に引き返そうと思ったが
止めた
必要な人もいるだろう

今日は病院へ予約に来た
予約は三十分刻み
診察はいつも一時間近く遅れる
だから窓の向こうの山ばかり見ている
この窓枠に取り込まれた稜線の手前を
泳ぐように
白衣の人が通り過ぎる

鳥の時間には空を飛び

虫の時間には葉裏で休み
雨が降ったら
傘を差して外出し
晴れたら海へ
決まった時間に港から
船が出る
向こうの島には秘められた
嬉しい約束がある
いつもそんなこと
思いながら歩きます

三月には

「あちらは
耳よりの嬉しい話ばかりで
水は流れ
草木も順調に伸びている」
と
君は言っていた

こちらの野原は
今

すっぽりと
雪におおわれている
三月が来て雪が消え
暖かくなったら
納骨することにしましょう
夢のような世界の
土になる日

あげひばりが
高く啼いて
君のいない日々が
あちこちに
広がっていても
こちらへ　ひんぱんに

水や草木の便りが
届きはじめる三月には

僕は元気になっていなければ
と
来し方に思う
「だけど
　とてもなれそうにありません」
と
どこか遠くで　もう一人の僕が
君に言っている

「あ」と「こ」のちがい

「あの世」と
「この世」のちがいは
「あ」と「こ」がちがうだけ

「あいうえお」の「あ」
「かきくけこ」の「こ」
「あ」と「こ」は
間に
「いうえお」と

「かきくけ」があるだけで
さして遠くない

「いうえお」と言おうとして
とても発音しにくいことを
今日　初めて知った
「かきくけ」も
なんだかぎこちない

「あ」と「こ」などを従えて
五十音が座したのは　いつからだろう
そのとき
「あの世」と
「この世」が別れたんだ

世が世であれば
あのひとと会えるかもしれない

窓の外は雪
どんどん埋もれて
「あ」も「こ」もない
日が　来るとしたら

「いうえお」や
「かきくけ」とも別れて
わたしたちは
「ん」から先へと押し出されて
行ってしまうのだろうか

「あの世」と
「この世」のちがいは
「あ」と「こ」がちがうだけだったけど

あとがき

今回の詩集は、雪、雨など水にかかわる詩が多くを占めた。自分でもよく分からないが、何故かそうなった。

「窓からの雪」、「道草」、「約束」、「三月には」、「「あ」と「こ」のちがい」の五篇を除く、他の二十篇は昨年の五月から本年の四月までの一年間に書いたもので、未発表のものが多く含まれている。

最近は、地域社会で交際させて頂いている方々と比べ、胸に抱く「面影の人」との交際が俄然多くを占めるようになった。

「面影の人」は微笑むだけで、返答はしない。一方通行である。この方々と詩でかかわるには、どうしたらよいか。最近の私の課題になっている。

新保《しんぼ》啓《けい》

詩集

『新保啓詩集』（近文社）
『つまらない自販機』（書肆とい）
『丸ちゃん』（詩学社）
『あちらの部屋』（花神社）
『人魚界隈』（よっちゃん書房）
『岬の向こうに』（書肆山住）

朝《あさ》の行方《ゆくえ》

著　者　新保《しんぼ》啓《けい》
発行者　小田久郎
発行所　株式会社思潮社
〒一六二—〇八四二　東京都新宿区市谷砂土原町三—十五
電話〇三（三二六七）八一五三（営業）・八一四一（編集）
ＦＡＸ〇三（三二六七）八一四二
印刷所　三報社印刷株式会社
製本所　小高製本工業株式会社
発行日　二〇一九年九月三十日